내일도
오늘처럼

내일도 오늘처럼

초판 발행 2019년 6월 1일

지은이 김기정
펴낸이 허동선

펴낸곳 은혜미디어
등 록 제2018-000144호
주 소 경기도 고양시 덕양구 권율대로 902
          테마프라자 304호
전 화 02)388-3692
팩 스 02)6442-3692

편 집 김지은

ISBN 979-11-958296-5-1 (03810)

어느 노년의 인생 2막 시집

내일도 오늘처럼

김 기 정 지음

은혜미디어

시집을 출간하며

인생의 전부라고 여겼던 35년의 공직생활을 마친 후 마음의 공허함에 사로잡혀 살던 제게 지금은 하늘에 계신 어머님께서는 "인생은 결코 짧지 않고 또 다른 인생 2막이 너를 기다리고 있다"고 말씀하셨습니다. 이 가르침을 마음에 새긴 후 인생의 새로움을 위해 등산, 낚시, 그림, 서예, 캘리그라피, 하모니카, 대체의학을 배웠습니다.

그러던 어느 날, (사)한내문학 최양희 이사장님의 권유로 자서전 쓰는 모임에 동참하였다가 자서전 '인생의 발자취'를 쓰게 되고 '시詩'에 도전하게 되었습니다. 그저 격식 없이, 느낀 대로, 생각나는 대로, 인생의 체험을 소재로 그때그때 글을 쓰다 보니, 시 등단과 함께 신인상을 받게 되면서 80세가 되는 오늘…. 여기까지 오게 되었습니다.

시를 쓰는 것은 운명적인 것 같았습니다. 글을 쓴다는 것은 분명 고차원 정신활동인 줄 알았기에 감히 생각도 하지도 못하였다가 '이제 문학文學으로 바꿔야겠다'라고 마음을 먹고 시를 열심히 쓰게 되었습니다.

시를 쓰기 시작한 지 1년도 안 된 풋내기가 시집 한 권을 낸다는 것은 결코 쉬운 일이 아니었지만, 제 인생의 사랑, 그리움, 추억, 일상, 희망을 시집 「내일도 오늘처럼」에 담았습니다.

전문적으로 시 쓰는 것과 표현하는 것을 배운 적이 없어 시를 쓰는 과정에서 자신감이 없어졌지만, 늘 옆에서 응원해 주는 아내와 가족들, 그리고 한내문학 회원들이 있었기에 제 바람을 이룰 수 있었습니다.

인생의 큰 기쁨을 주는 시를 죽을 때까지 쓰려 합니다.
인생의 새로운 희망을 찾는 사람들을 위해
노년에 새로운 도전을 망설이는 사람들을 위해
자신의 숨 쉼을 느끼고 싶은 사람들을 위해
인생의 희망을 글로 표현하는 시를 쓰려 합니다.

끝으로, 이 시집이 나올 수 있도록, 지도와 격려를 아끼지 않고 도와주신 최양희 이사장님과 홍성수 작가회장님께 깊은 감사를 드립니다.

2019년 봄 봉황산 아래
소천 김 기 정

내일도 오늘처럼

차례

3부 추억 그리고 일상

1부

인생

그리고

희망

인생은 늙어가는 것이 아니라
하나씩 채워가는 것이 아닐까

해넘이

이 세상을 비추던
고마운 정열의 태양

이제 석양노을 만들더니
어느새 불덩이가 되면서

저 수평선 멀리 멀리
서서히 숨어 버리지만

내일도 오늘처럼
밝은 빛으로 떠오르기를……

삶의 계단

우리 모두는
어려서부터
계단을 오르고 있지만

올라가야 할 계단
얼마나 될지는
아무도 모르겠지

뛰는 사람
느긋한 사람
재촉하는 사람
우리 삶의 계단을······

지금 이 순간

우리의 삶이 끝도 없는 지금
이 순간만을 살고 있는가

영원히 와 닿을 수 없는
내일을 기다리며

과거가 없었다면 어찌
지금 이 순간이 있겠는가

지금 이 순간이 과거이며
동시에 미래가 아니겠는가

모든 날들은 오직
지금 이 순간이 아닐까……

해돋이

동쪽 하늘 바라보니
아름다운 해가 솟으며
불덩어리가 살아 오르네

저 불덩이가 해가 되어
이 세상을 비춰주니
만물들이 살아 오르네

어둠에 시달렸던 피로
싹 잊게 만드는 광경
내 희망도 살아 오르네

하 루

아침에 웃음으로 문을 열고
낮에는 열정으로 일을 하며
저녁엔 마음으로 글을 쓰는데

어제는 이미 지나간 날
오늘은 일할 수 있는 날
내일은 꿈과 희망이 있는 날

창문을 열면 풍경이 들어오고
마음을 열면 행복이 들어오고
꿈속을 열면 시상이 들어오네

인 생

어떤 사람은 어려서부터
잘 타고나 부자가 되고
어떤 사람은 같은 인생인데
잘 못 타고나 어렵게 살까

사람이 타고 나는 것은
사주팔자라고 탓 하지만
이렇게 차이가 너무 많아
사는 것이 무슨 재미인지

한세상 살다가 때가 되면
어차피 가는 우리네 인생
공수래 공수거가 아니던가……

세월아

세월 세월아!
너는 왜 너 혼자 가지
나와 함께 가고자 하느냐?

세월 세월아!
나는 아직 할 일이 많아
일 다 하고 천천히 가련다

세월 세월아!
너는 왜 고장도 나지 않느냐?
가다가 고장이나 나버리지!

나에게

가을에
파란 하늘처럼
쾌청정하고

상쾌한
가을바람처럼
나날이 되었으면

오늘도
내일도
언제나

백세시대라지만

육십 세가 되면
배운 사람이나 못 배운 사람이나
직장에서 물러나게 되고

칠십 세가 되면
건강한 사람이나 약한 사람이나
약봉지 싸 들고 다니게 되고

팔십 세가 되면
있는 사람이나 없는 사람이나
돈 못 쓰고 집에 있게 되고

구십 세가 되면
산사람이나 죽은 사람이나
누워있기는 매한가지이며

백 세가 되면
더 이상 희망이 없는
나이로 백약이 무효라네

사랑은 불타도

안개 속은
앞을 볼 수 없고

꽃은 피어도
소리가 없고

사내는 울어도
눈물이 없고

사랑은 불타도
연기가 없네

인생은

인생은 풍파 때문에
남은 것은 잔주름뿐이며

인생은 돈 때문에
정든 가족과 친구도 잃고

인생은 사랑 때문에
웃다가도 울면서 헤어지는데

인생은 늙어가는 것이 아니라
하나씩 채워가는 것이 아닐까

좋은 점

내 나이 팔순 되니
편안한 점이 많아서 좋은데

젊은이들 모임에 가면
나를 쳐주지 않아서 좋고

많은 애경사 가지 않아도
말하는 사람이 없어서 좋고

나이 많은 어른 앞에서
인사만 하면 되어서 좋고

나이 탓에 시키는 사람 없어
편안하여 좋은 점도 있더라

그 세월

어릴 적엔 빨리 자라
어른이 되고파
느림보였던 그 세월

어른이 되어서는
사는 것이 벅차
돌아보지 못한 그 세월

쉬어가고픈 나에게
어서 빨리 가라고
재촉하는 그 세월

이제는 정말
그 세월에 밀려
늙어만 간다네

새 해

새해의 태양
어제와 같은 태양이지만
어제와 같지 않은 오늘의 태양

새해 첫날의
태양을 바라보며

어떤 이는
자신의 건강과 행복을 소망

어떤 이는
가족의 안녕과 평화를 기원

어떤 이는
국민이 잘사는 나라를 희망

오늘처럼
또 내일이 오겠지만

오늘과 같지 않은
내일일 거라 생각하네

까치밥

저 높은 감나무 가지에
감 세 개 매달려 있지만
어느 땐가는 까치들이
쪼아 먹히길 기다리겠지

그러나 내년 봄이 되면
꽃이 피고 열매 맺어
감은 다시 익어가겠지……

또 한해

구름으로 가려져
해는 보지 못했어도
밝아오는 아침에
새해를 맞이한다

금년에는 새로이
복잡한 한해가 아닌

옳고 밝은 빛으로
백세시대의 앞날을
밝게 인도해 주시길……

생로병사

어머님 뱃속에서부터
십여 개월 있다가 태어나서

한 달 두 달 해를 거듭하며
소년에서 청년과 중년이 되어

짝을 만나 가정 꾸미고
자손들 낳고 행복하게 살다가

장년과 만년에 이르게 되면
쇠약해지고 병마에 시달리며

눈 감으면 천국으로 가는 것이
우리 인생 생로병사인 것을……

바다야

바다야! 바다야!
너는 왜 그리 광활한가

물은 왜 그리 많으며
밀물 썰물은 그리도 때를 맞추고
조금 사리는 누가 정해 주었는지

너의 물속 깊이는 얼마나 되며
뻘 속에 전복 소라 고동 해삼들은
어찌하여 그리도 잘 키워 냈는지

계절 바뀌고 세월이 지나도
변하지도 늙지도 않는 바다야
바다야! 바다야! 고마운 바다야!

청년기

가까운 초등학교에 입학
3학년 때 6.25 전쟁
집에서 한문공부 1년

바로 이어서
서당에 다니며
한문공부 3년

또 초등학교
5학년에 편입
중학교 고등학교 졸업

군에 영장 받고 입대
논산훈련소 8주 훈련
육군정보학교 7주 교육

제35사단에 근무

만 3년 만에 만기전역

귀가하여 할 수 있는 일

일 년 동안 농사일에 종사

장년기 (1)

군 제대 후 일 년 만에
희망이 보이는 일을 발견
공무원에 응시할 수 있는 길
보령군청 임시공무원 3년

도청에서 주관하는
5급 지방공무원 특채합격
영광인데 그 길도 순탄치 않아
처음부터 맞닥뜨리는 험한 길
사람 잘못 만나 힘든 고비 넘고 넘어

장년기 (2)

9급 공무원으로 시작
4급에 이르기까지
35년간 공직생활을
대가 없이 명예롭게 퇴임

공무원 등용 시
목표는 못 미쳤으나
국가를 위하여 젊음을 다 바친
긍지와 자부심을 갖는다.

35년 재직하는 동안
도지사 표창 7회
장관표창 2회
녹조근정훈장
그 외 모범공무원 표창 등
많은 상과 감사패를 받았네

노년기

내 인생 노년기를 맞아
새로운 취미생활 찾아
서예와 그림으로 5년
미술대전에서 수상까지

캘리로 예쁜 글씨와
하모니카 연주에
대체의학 부항과 뜸
나의 질병도 스스로 완쾌

문학을 알게 되면서
자서전을 쓰고 나니
시 세계에 다시 눈 뜨며
내 인생 제2막을 시작한다네

정년퇴임 (1)

이십 대부터 육십 되도록
오르지 한 길만을 걸어
35년 젊음을 다 바쳤던
공직생활 마무리하면서
이천년에 정년퇴임하던 날

퇴임 앞에 착잡한 마음으로
아내와 가족들과 함께
정년퇴임식에 참석했는데
시청에서 마련한 식장에
과분하도록 성대하게 준비

정년퇴임 (2)

시장과 시청 간부 직원들
시의회 의장과 의원 친자들이
따뜻한 마음으로 맞아주었다.

사회자의 안내에 따라
퇴임식이 진행되면서
대통령 녹조근조 훈장
도지사와 시장의 공적패
시 의장 감사패와
지인들이 수여하는
기념패 등을 받고 나니

시장님의 지방행정을 위한
노고의 치하에 대한 축사!!

정년퇴임 (3)

자리를 빛내주기 위하여
축하해 주신 여러분들과
수고해 주신 관계자분들께
퇴임자 대표로 답사의 말에

제가 공직생활 하는 동안
제일 보람되고 좋았던 일은
새마을 운동이었다고 강조

퇴임기념사진에 이어
공직생활은 이제 끝이 났네

2부

사랑

그리고

그리움

지난 날을 기억하며
추억 속으로 자꾸 빠져드는 별빛

당신 생각

좋은 아침부터
당신 생각합니다

눈을 감아도
당신 생각합니다

당신이 좋아
당신을 의지했습니다

참 좋은 당신
참 좋은 인연입니다

당신 머무는 곳에는
행운도 언제나
머물 것을 믿습니다.

아 내

당신을 만나 오십 고개 성상
긴 세월 함께 해주어 고마운 당신

이 나이 먹도록 뒷바라지
이래저래 희생하면서 살아온 당신

좋은 일 나쁜 일 고비 고비
헤아릴 수 없이 고생 많았던 당신

지난날들의 흔적인가 했는데
얼굴과 목에도 주름져 가는 당신

젖은 손 적시고 또 적시면서
손등까지 주름으로 번져온 당신

손발을 쉴 새 없이 움직여서
온몸이 저리다고 얘기하던 당신

부항 떠주고 약도 붙여 주건만
그것은 쉽게 낫지 않는 임시방편

그러나 옆에 있는 당신 때문에
나는 항시 건강하고 행복합니다.

지금까지 살면서 고마웠던 것처럼
당신을 정말 좋아하고 사랑합니다

당신에게

지금까지
사랑은 이미 주고 있으며

앞으로도
주고 싶은 것이 너무 많아

정성으로
하늘의 별 따서 주어야지

영원히 새 나오지 않게
사랑과 별을 묶어줘야지……

어머니

어렸을 때에
우리 어머니는
가을 되면 더욱 분주

봄에는 씨앗 심고
여름에는 가꾸며
가을엔 거두시는데

아침 일찍 나가시면
해가 져야 지친 몸으로
집에 들어오시던 어머니

고생도 많으셨던
어머니! 우리 어머님

어머니의 지극정성

우리 집 장독대에서
제일 깨끗한 독 위에
새벽 일찍 하루도 거르지 않고

비가 오나 눈이 오나
깨끗한 백색대접에
정화수 가득히 채워놓고
손바닥을 마주 대며

가정의 무사태평과
어른들의 무병장수와
자식들의 건강 성장을
지극정성 기원하신

어머니의 하해 같은
따스한 사랑으로
우리는 행복하고
보람되게 살고 있습니다.

어머님!
고맙습니다.

어머니 사계음식

어머니께서는
온종일 밭에 있으시면서
식구들의 삼시 세끼를
한 번도 거른 적 없이

봄이면 여린 쑥 캐어
된장국을 끓이고

여름에는 밀가루 반죽
수제비를 끓이고

가을에는 미꾸라지 잡아
추어탕을 끓이고

겨울에는 가을무를 썰어
동태 탕을 끓여주시며

고생도 많으셨던
우리 어머니……

할아버지와 나

아버지께서는
6.25사변으로
어디론가 피신

할아버지께서는
천자문千字文을
내게 1년 가르치셨다

그 후 나는
장양서당에 다니며
서당공부를 3년간 하다가
초등학교가 그리워
5학년으로 편입졸업하고
중학교로 진학했었는데

지금도 생각하니
할아버지 천자문이 생각난다

친구여!

친구여!
나이가 들면
입은 다물고
지갑은 열라는
말이 있잖소?

나이가 들면
설치지 말고
미운 말 헐뜯는 소리
말 많이 하지마소!

나이가 들면
알고도 모른 척
상대방 이기려 말고
적당히 져 주소!

나이가 들면
많은 돈 있어도
죽을 때 가져갈 수 없으니
욕심도 버리고 가소!

동창회

약속 시간이 지나는데
몇몇 친구만 보일 뿐

오랫동안 보지 못한 친구들
어떤 모습일지 기대되며
걱정되는 마음도 생기는데

언행들은 자신감 넘치고
희망찬 웃음 그칠 줄 모르던
우리 동창들

그렇게 좋아하던
술 담배 못한지 오래
어떤 친구 침묵을 지키는
늙은 모습이 안타까워

노년의 우리 동창생이여
지팡이 짚고 걷는 친구
세 발 인생이 웬일이던가……

술을 마시며

어느 날 친구들과 한자리에
자! 술 한 잔을 높이 드시오!
오늘은 가고 내일을 위하여……

술과 함께 옛날 얘기 오고 가는데
내 술 한잔 더- 자네도 한잔 더-
술잔이 오고 가다 보면
가장 좋은 안주는 옆에 있는 친구

어느덧 팔순 바라보는 나는
좋은 사람들과 술을 마시면
등과 배와 가슴이 따뜻하며

술을 마신 뒤에도
아침 한 그릇 후딱 비우게 되니
좋은 몸을 주서서 감사한 마음……

사계절 사랑

아지랑이 피는
따스한 봄바람에
봄 처녀 사랑

무덥다가 내리는
소낙비 바람에
여름 총각 사랑

하늘 맑고 높은데
낙엽 지는 소리에
가을 할아비 사랑

몹시 추운 겨울
눈보라 치는 바람에
겨울 할망구 사랑

사계절 맞춰 피는
인간들의 아름다운
사랑 사랑이어라

보리밥

가마솥에 보리밥
한 줌 쌀로 지은 밥은
할아버지 할머니께 올리니
보리밥만 남게 되는데
건넛방 할아버지 내외가
밥 드시는 것 보고 있다가
누가 남기시는 밥은
먼저 보고 차지하려고
어린 동생들과 옥신각신
서로 밀치던 그 시절이 그립구나

인 연

어디서부터 시작되었는지
우리가 알 수는 없지만

서로 엉키고 이어지다
설치면서 이해하는

좋은 만남 깊은 인연
여기까지 왔으니
영원하길 기원하네

행 복

아침에 눈을 뜨면
간밤에 잠을 잘 잤다는 점

저녁때가 되면
잠 잘 수 있는 방이 있다는 점

외로울 때면
그걸 달래줄 아내가 있다는 점

어려울 때면
날 도와줄 친구가 있다는 점이
나의 행복인 것을……

김장 김치

새벽에 아내가 깨운 것은
어두운 새벽부터
절인 배추를 씻자 하니

전날부터 트럭에 실려
옥상까지 올라온 배추와 무
찬 수돗물에 씻어 놓고

갖은 양념으로 버무린 속
배추 잎마다 옷을 입혀
차곡차곡 김치 통에 모시어
김치 냉장고에 한겨울 동거

김치 통에서 발효된
코끝에 스며드는 김치 향

고향집

한여름
고향집은
선풍기도 없어
겨우 부채뿐

저녁이면 마당에
밀대 방석 깔고
온 식구들이 함께
옛날 이야기하며 놀 때

모기는 왜 그리
극성스러웠던지
잡초를 태우며
모기를 쫓던 그 시절!

향수(1)

성묫길에
옛 고향을 찾아
태어나 자라고
몸을 담았던 옛집

언제나 바쁘셨던
어머니의 환상만이
새롭게 떠오르네!

사랑채를 보니
할아버지 글 가르침에
글 읽던 소리며
영혼이 잠든 모습

황소가 자리 잡고 있던
외양간에는
거미줄이 차지하고
텅 비어있는 모습……

향수(2)

집과 산천은 의구하나
집 앞 마을 안길은
버스가 왕래할 수 있는
2차선 도로로 변양變樣

약수 같았던 우물은
물이 좋아 동네 많은
사람들의 식수 터가
뚜껑 지붕으로 자리를 감추고

여름밤이면 우물가에서
더위 식히는 목욕을 하다 보면
물 한 바가지에 온몸이
몸서리치곤 했었지

옛일들이 이리저리
주마등처럼 스쳐만 가네

소나무

어찌하여 너는 변하지 않지
어제 보아도 오늘 보아도
너는 항시 그 타령

말도 소리도 없이
인사 한 번 하지도 않지만
너의 모습은 항시 그 타령

봄이 지나고 여름 되도
청청한 그 빛 바꾸지 않는
네 모습은 항시 그 타령

늙지도 아프지도 않는 너는
더운 한 여름철이 되면서
솔방울들만 주렁 주렁

너는 항시 그 타령
나는 네가 좋구나.

물 레

꾸준히 흐르는 물에
돌아가는 물레

어제도 오늘도 쉬지 않고
돌아가는 물레

빠르거나 느리지도 않고
돌아가는 물레

사람의 손이 닿지 않고
물이 끊어지지 않으면
언제까지 돌아갈런지
돌아가는 물레야

매미소리

버드나무 양측에서
경쾌한 매미 울음
매미야! 매미야!
너는 왜 그리 우느냐

이쪽에서 울면
저쪽에서도 울어대고
이쪽에서 멈추면
저쪽에서도 멈추니

땀에 젖은 이 한여름에
약속이라도 한 것처럼
서로 울다가 멈추는데
나의 마음까지 시원하게
여기저기서 우는 매미소리

감나무

감나무만 보면
옛 생각이 나는데
내가 살던 고향 밭둑 위에
큰 감나무 몇십 년이나 되었던지

가을이면 붉은 홍시가
우리 밭으로 가끔 떨어지면
동네 사람들이 다 주인인 듯
동네에서 가장 큰 감나무

지나가는 사람들마다
누가 먼저 주울까 서로 앞질러
모두가 주워 먹던 우리 감나무

성 묘

명절 때면 찾아뵙는
부모님과 누대累代 선조께서
오랜 세월 영면하고 계신 묘
올 추석에도 후손들이
벌초를 하고 성묘를 위해
찾아온 후손은 겨우 7명뿐
조상님들께서 서운하지 않으실지!

현대 젊은이들은
각자 바쁘다는 이유로
성묘의 의미를 잊고 있어
옛 성묘 날이면 40여 명 이상
3대 후손들이 모여
우리의 뿌리와 선조들의
넋을 일깨우는 유익한 시간이었는데……

가 을

푸른 하늘은 높아지고
따뜻한 햇살은
농부의 마음을 흐뭇하게

봄에 밭을 갈아 씨 뿌리고
여름에는 논 갈아 벼를 심고
가꾸어 만든 만추의 계절

산과 들에 오곡이 가득하니
농민들의 즐거운 웃음
땀방울의 결실이 아니던가

고양이

마루 밑에 자고 나와
앞에 차려놓은 밥을 먹다

숙박료도 내지 않고
식사비도 내지 않고

놀고먹고 먹고 자고
일도 않고 무슨 생각

구애받을 일 없는
고양이 팔자 늘어지는데

우리 인생도 고양이 같이
팔자 좋은 사람 있을까……

홍시 한 개

그 많은 감 들이
매달려 있는 감나무
홍시 한 개 매달렸는데
홍시 혼자 익을 리 없어

저 속에 꽃이 감이 되며
저 속에 비바람 맞은 흔적
저 속에 수많은 땡볕들
저 속에 무서리 맞은 흔적
저 속에 보름달이 몇몇 달

갖은 풍파를 걸쳐
혼자 익어간 흔적……

새마을 운동

출근하면 매일 36개 부락에
이리 뛰고 저리 뛰어다니며
추진상황을 파악 지도하면서

시범마을 2개 마을 선정
전 직원과 청소원 직원은
새벽 5시 새벽종이 울리면
2개조로 편성 2개 마을에
주민들과 함께 마을안길 넓히고
초가집에서 스레트 지붕으로 개량

2개 시범마을에
2년 만에 우수마을로 탈바꿈
성공적인 새마을이 되었다.

도토리묵

달착지근한 양파
들기름 냄새 솔솔
그렇게 고소한 맛

부드러우면서 질긴 미나리
당근과 향기 좋은 깻잎
탱글탱글한 묵을 씹는데

수많은 도토리를 갈아 만든
접시 위에 고단백 도토리묵
그 뒤에 따라붙는 막걸리 한 잔

추억 속으로

별을 보면 너무 좋은
저 높은 곳의 별빛

별은 보면 언제나
추억이 생각나고
바라보면 평안한데

지난날을 기억하며
추억 속으로
자꾸 빠져드는 별빛

정월 대보름

우리 어릴 때는
정월 대보름은 봄의 시작이라
한해 농사의 풍요와 안전을 기원

지신밟기와 쥐불놀이
오곡밥에 아홉 나물 등
건강을 챙기기도 했지

쥐불놀이는 액을 쫓는다 하여
논밭에 쥐와 해충을 없애고
오곡밥 아홉 나물은 귀신을 쫓으며
부럼깨기는 부스럼을 쫓는다 했지

이 좋은 풍습이 부활하여
온 가족이 한자리에 앉아
함께 부럼을 깨면서
건강과 행운을 기원하면 어떨까……

매 화

꽃샘추위 봄바람 유혹에도
우뚝함을 홀로 꺾이지 않아
여러 화가들의 붓끝에
화선지에 그려진 곧은 절개

구름 꽃 하늘 아래
옆집 처녀처럼
고운 몸가짐 뽐내는
화사하고 어여쁜 얼굴

매화는
평생 춤게 살지만
향기를 팔지 않는 절개

해당화

너는 언제 피었는지
붉은빛을 자랑하며
방긋이 웃고 있느냐

꽃송이 피울 때
소리 없는 향기를
어디서 가지고 오느냐

한 송이 한 송이씩
계속 꽃피우더니
어느새 꽃잎이 떨어지고

방울방울 열매를
만들어 가고 있는데
그 누구를 위한 것인가

들국화

푸른 언덕에
활짝 피어있는 꽃

홀로 서 있는데도
임자가 없는 꽃

쓸쓸하고 외롭게
살아가는 들국화

그리고 그 옆에
어울려 주는 잡초들……

동백꽃

흰 눈에 찬바람 부는데
붉은 꽃망울 터트려서
예술처럼 신비롭게 핀 꽃

벌과 나비도 없지만
꽃가루는 동백새가 옮겨주는
서로 서로를 위한 공생관계

동백새는 보지도 못했지만
동백꽃과 함께 사는 지혜
그런 새가 보고 싶은데……

가을밤

어디서 들려오는
귀뚜라미 소리

창문을 열어 보니
가로등 꽃이 피고

가로수 잎이 사르르
길가에 낙엽이 되고

고요한 가을밤은
깊어만 가는데

가을 산

산들 산들 가을바람에
단풍잎은 떨어지고

한잎 두잎 붉은 단풍은
색종이 되어 날아가고

나뭇가지 사이로
새들은 날아가고

사람 없는 오솔길
가랑잎만 날리고

깊어가는 가을 산에
낙엽만 쌓이네

노 송

적갈색 거친 몸집에
바늘 모양의 푸른 잎
내 수력이 강한 소나무

긴긴 세월 버텨오면서
축축 늘어진 가지마다
건장하고도 웅장한데

우리네 일생과는 달리
무병장수 당당한 모습
가슴 속에 담아 보련다

익숙한 길 _ 일반통행

한 번 따라나선 길
세월은 어쩔지 몰라도
우리들은 익숙한 길

하루가 지나고
한 달이 지나며
한평생을 지나가는 길

3부

추억

그리고

일상

뚜벅뚜벅 나무 바닥에 옮기는 소리
연인과 속삭임의 장단을 맞춰주네

바람이 붑니다

바람이 붑니다
보이지는 않지만
조용한 소리를 내면서

지금은 솔 솔 솔
땀을 식혀주는
고마운 바람이

내 옷자락을 흔들며
마음속까지 설레이게
솔 솔 솔바람이 붑니다

머 드

머드! 머드! 머드축제!

갯벌이란 말만 들어오다가
'머드'라는 이름으로 세상에 알려졌으니
젊은 남녀들이 그 머드에 매료되어
온몸에 머드로 맥질하기 시작
누구랄 것도 없이 서로 밀고 당기며
뒹굴고 쓰러지며 재미 붙인 머드놀이

아시아에서 유럽으로
남아프리카에서 전 세계로
여러 나라 젊은 남녀들이
모두 하나 되어 즐기는 모습
오오! 머드의 위력이
이렇게도 큰 줄은 몰랐었네.

등 산

한 발짝 두 발짝씩
산을 오르다 보면
산속 바위나 솔잎이
또 오느냐고 반긴다

이마에 땀방울이
한 방울씩 흐를 때
바람도 반가운 듯이
나의 품속으로 안긴다

오르다 보면 어느새
산봉우리 정상에 서서
'야호!' 하고 소리치면
저 멀리에서도 인사한다

이제는 정상에 올랐으니
다음엔 하산하는 것 또한
우리가 가는 길이며
자연에 따라 오가는 길이 아니던가……

낚 시

고기가 없는지 있는지
보이지 않는 깊은 물 속
낚싯대에 미끼를 끼어
멀찌감치 던져 본다

찌만 들여다보고 있으면
잡념 생각은 사라져 가며
이제나저제나 기다려지는
붕어 생각뿐이다

쭉 쭉 쭉- 찌가 올라올 때
이때다 하고 낚시를 당기면
나도 모르게 월척이다! 하고
큰소리가 나오면서

천하에 강태공이 부럽지 않으며
모든 것은 그냥 얻어지는 것이
없다는 것을 새삼 느낀다.

폭 염

한낮엔 불볕하늘
밤에는 열대야
누가 이렇게
만들고 있는지

한낮에 발목 잡고
밤엔 잠을 설치게 하는
이 불볕더위가 언제 식을지

논밭에 곡물은 어쩌라고
소낙비는 어디에 숨었는지
한 번도 보여주지 않으니

논과 밭 농심도 바싹 바싹
이 불볕더위에 타죽는다고
안타깝게 외치는 소리들뿐……

소나기

오랜 폭염과 가뭄이 시달리던
죽어가는 농작물들
갑자기 쏟아진 소나기에 놀라
온몸이 벌떡 일어섰네

억수같이 소나기에
아랑곳하지 않고
논밭에 서 있는 농민들
타들어 가던 농심 열기는 꺼졌는지

그러나 잠깐 내리고
먹구름이 걷혀버리자
아쉬운 듯 하늘만 바라보는데
이왕이면 무더위를 싹 씻고 갈 것이지……

무궁화

무궁화, 무궁화, 우리나라 꽃
누가 우리나라 꽃이라고 명명했는지

그리고 왜
우리나라 꽃이 사랑을 못 받는지

무궁화 네가 얼마나 잘못하였기에
장미꽃보다 쳐다보지 않는 사람들

향이 없어서
아니면 아름답지 못해서

우리나라 꽃이면 꽃다운 꽃으로
사랑을 받아 보았으면

우리 국민들이여!
무궁화 꽃을 사랑해주면 안 될까?

바닷가에서

물이 없던 바닷가에
바람과 함께 물이 온다
물이 가득 차인 바닷가!

오래 머물 줄 알았더니
물은 어디로 가고
남은 것은 모래뿐!

바닷가에 일하는 어부들
갈증만 느끼는데
물길 따라 가버렸으니
저 멀리 수평선만 바라보네

대천항

대천항 부둣가 바람은
시원도 하지만
짜디짠 냄새가 나네

부둣가에 정박한
수많은 배들은
질서 있게 잘도 서 있네

물 위에 갈매기들은
그저 즐겁게도
소리치며 춤을 추네

출항하는 배들의
뱃고동 소리는
대천항을 알리네

대천해수욕장

사계절 놀이터
낭만의 대천해수욕장

봄에는 학생들의 엠티
여름에는 머드 축제
가을에는 김 축제
겨울에는 스케이트장

바닷물이 나가면 명사십리
물이 들어오면 남녀노소들이
물 반 사람 반 인산인해를 이루며
글로벌 해양관광지역으로
각광받고 있는 대천해수욕장

능소화

어찌 여름에 찾아오는 능소화
너는 막바지 여름을 보내려는 가
유난히 뜨거웠던 올여름 생각한 듯
꽃잎은 아직도 불타고 있는 듯하다

그러나 더운 여름만큼 화사했던 꽃도
더 이상 아쉬움도 기다릴 이유도 없어
세상에 다 보여준 듯이 한 잎 두 잎
땅 위에 아름답게 떨어지고 있구나

향기 있는 꽃

꽃이 아름답다고
향기도 아름다운가

꽃이 아름다울수록
향기 없는 꽃이 있고

아름다운 꽃보다는
향기 있는 꽃도 있는데

멀리서도 가까이 서도
그윽하게 향기 있는 꽃……

백 로

24절기의 하나인 백로
한여름에 35도를 웃돌던
불볕더위를 어디로 보냈는지

아침저녁이면 기온이 내려가
풀잎에 이슬이 맺힌다는 백로
찬바람이 옷깃을 스며드는데

예로부터 백로에 비가 내리면
풍년의 징조로 여겼다는데
올해에는 대풍년이 왔으면……

죽 도 竹島

옛날 죽도는
대나무와 소나무뿐
대나무가에 가시 울타리
바닷가에는 기껏 배 몇 척
부둣가에는 포장마차 몇 집뿐

지금의 죽도는
우거진 숲이었던 산에는
펜션 기와집 초가집이 서 있고
바닷가에는 작고 큰 어선들
부둣가에는 횟집이 줄을 이어있는데

오가는 사람마다 즐겨 찾는
'상화원'은 누가 갖다 놓았는지
찻집에서 차 한 잔 들고
둘레 길을 혼자 걷기는 외로운 길

나무계단으로 만든 둘레길
연인과 함께 걸으면
뚜벅뚜벅 나무 바닥에 옮기는 소리
연인과 속삭임의 장단을 맞춰주네

코스모스

도로가에 그리 많았던
코스모스 꽃들이 사라지고
보기에도 어려운 코스모스
누군가가 꽃밭을 만들었는데

코스모스 피어있는 옆길
걸어가다 멈추어 꽃을 보니
고추잠자리 춤에 따라
코스모스 꽃들도 한들한들

편백나무 숲

피톤치드를 내뱉는지
나뭇가지가 바람에 끄덕끄덕

아토피, 항균, 성인병 등
물리쳐 주는 건강덩어리

수많은 사람들 모두에게
건강과 행복을 주는 피톤치드

자연이 주는 행복과
아름다운 쉼터가 되기를……

청와대 관람

청와대는 특별한 곳
정문 들어갈 때부터
신분증 확인과 몸수색

본관, 춘추관, 영빈관 등은
수박 겉핥기식으로 지나쳐버리고
겨우 안내원의 설명뿐

관람도 내 마음대로 못하고
안내원 지시 따라 볼 것만 보고
사진도 지정된 곳에서만 찍는데

볼거리는
나이 730세 된 주목朱木
나이 173세 된 반송盤松
경내 잘 가꾸어있는 소나무
무궁화동산에 피어있는
빨강, 보라, 흰색 등, 무궁화 꽃

자유롭지 못한 곳이
이곳 청와대인가

산이 좋아

직장에 있으면서도
여가 선용으로
그리워했던 등산

정년퇴임을 앞두고
모산악회에 동참
회원으로 다달이 산행

십이 년간 사고 없이
전국의 이백여 산을
계절에 구애하지 않고

봄에는 야생화 군락지
여름에는 녹음의 계곡
가을에는 오색단풍 명산
겨울에는 유명한 설산
계절에 따라 산행길인데

제일 추억에 남는 산은
해발 1950m의 한라산
온종일 정상에 올랐다가
내려오던 그 추억의 기억들……

연꽃대궁

선선해진 날씨
어느덧 계절 바뀌면서
무성하던 연꽃이 지네

서둘러 와버린 가을
초록빛 쫓아 버리더니
말라 비뚤어진 연꽃대궁

문득 서늘한 저녁에
연꽃대궁 바라보니
왠지 외로움만 느껴지네

건 강

우리 건강은
운동이 근본

매일 꾸준히 거르지 않고
눈을 뜨면 걷거나 뛰거나

음식 골고루 가리지 않고
영양제 한두 가지만 먹으며

전통의학과 약은 지양하고
대체 의약으로만 예방치료

건강을 내가 만들어 가며
자신도 본인이 지켜가는 것

물든 단풍

푸른 옷을 입은 숲속 사이에
지금은 홀로 물들은 단풍나무

누군가 물감을 찍어놓은 듯
붉은 옷 입고 외로이 서 있는데

왜 그리도 곱고 어여쁜지
모든 이들에게 자랑하고 싶지만

저 예쁜 단풍잎도 머지않아
우리네 인생처럼 낙엽 되겠지……

상 생

물과 나무
나무와 물이라
나무는 물 없이 살 수 없고
물은 나무 없이 살 수 없고

고기도 물 없이 살 수 없듯
우리도 사람 없이는 살 수 없듯
서로 돕고 도우며 사는 것이
서로 상생의 길이라 생각하는데……

느닷없이

어느 날 혼자
산행길을 걸을 때
아무런 예고 없이
천둥 치며 비가 쏟아지니

오래 걸어온 산길이
한꺼번에 젖었는데

저 속도를 갖기까지
얼마나 지나간 시간들이
빠르게 지나갔을까

국 화

붉게 물든 국화
너무 아름다워

꽃송이 하나하나가
황금빛 덩어리인데

오늘 아침에
벼락부자가 된 기분

예쁜 꽃들이
나를 반겨주네

낙 엽

하나의 낙엽
서리에 푸른 기운 뺏기고
빨갛게 물들다가
땅 위에 떨어지는데

누가 예쁘다고 말하리
누가 아름답다 말하리
누가 정열이라 말하리

낙엽은 할 수 없이
산들바람을 거부하다
대지 위에 떨어지며
소리 없이 앉아본다

성주산처럼

봄에는 노란 새싹
여름에는 짙은 녹음
가을에는 붉은 단풍
겨울에는 하얀 눈

사계절 옷을 갈아입고
모든 이에게 보여주는
높은 하늘에 새털구름

지친 발길 달래주는
성주산처럼
좋은 산도 흔치 않네

갈매기

물결치는 외딴 바위에
쌍쌍이 나란히 앉아
정다운 이야기 나누다

푸른 바다 위로
갈매기가 너울너울
소리 내며 날고 있는데

나도 갈매기처럼
꿈나라를 찾아서
날고 싶어라

오 리

강물에서 놀고 있는
오리 떼들

수영도 잘 하며
물살을 쫓아가며
재빠르게 움직이는데

쉬는 시간도 없이
장시간 수영하는 오리
그것도 모두가 자유형

가끔 물속에 들어가
무엇을 찾는 것인지
보물을 찾는 것이지
먹이를 찾는 것인지

알 수는 없으나
나도 오리처럼
한동안 수영해 보았으면……

시고 단 감귤

이 감귤은 섬을 떠나
바다를 건너
누군가에 의해
이곳까지 왔는데

이곳에 오기까지는
배 타고 트럭에 실려
고속도로를 거쳐
여러 사람에 의해

섬을 떠나와
계절에 따라
시고 달게 익었기에
내 손안에 있는 감귤

이 슬

아슬아슬한 모습으로
풀잎 끝에 매달린 이슬아

풀잎과 잠시의 인연으로
널 좋아하기에
바닥에 내려앉고 싶지 않아
널 놓아주지 않느냐

이슬 네가
풀잎을 떨어 주려무나
풀잎 네가
이슬을 놓아 주려무나

시간이 지나다 보면
서로 서로 헤어질 것을……

산과 강과 들

강은 산을 올려 다 보고
산은 들을 내려 다 보고

강은 산을 올려 다 보고
강은 들판에 물을 주네

저 넓은 들판은
그리운 강산을 바라보며

산은 강을 품고
강은 들을 품고 있네

치 매

팔십 평생 살아온 길
기쁨과 즐거움은 잠깐이고
근심과 절망이 전부였으니

서러움 맺힌 가슴속
잘못된 씨앗 하나
언제부터 싹이 자랐던고

이제
뒤돌아 갈 일도
가족도 알아볼 사람도

살아온 발자국마저도
잊어버렸으니
치매는 만병의 불 치 병

크레인

아침 일찍 크레인을 세우자
수직 상승을 위해 부지런히
제 역할을 충실히 하고

높이에 의한 높이를 위한
오르지 높아지는 일에만
모든 역량을 쏟아 붙이는데

저 높은 고층 건물에
크레인이 없었다면
사람들이 메고 올라갔을 것을

새삼 저 크레인이
대단하다는 것을 느껴보네

첫 눈

올해도 어김없이
이때쯤이면
하늘에서 눈이 내리는데

작고 흰 꽃잎처럼 흔들며
가만 가만 가만히
소리 없이 내려오는데

문 앞에 많이 쌓이기에
어쩔 수 없이 빗자루에 쓸려
날아가는 눈을 보니

오오! 하루도 머물지 못하고
문전박대당하는 것 같아
안타까운 마음만……

선유도

기암절벽에 둘러싸인
아름다운 자연의 소리

은빛 모래가 눈에 들어오는
명사십리 해수욕장의 전경

파도가 스칠 때마다
자르르 굴러 내리는 몽돌소리

바다에 둥둥 떠 있는 작은 섬
청아한 음률이 흘러나오는데

호수처럼 잔잔한 바다 위
여인과 함께 걷는 한 폭의 그림

커피 한잔

진갈색 찻잔에
하얀 김 솟아오르며
풍겨 드는 향기는
입보다 코가 먼저

향에 취하고
맛에 즐거워
그리움으로 마시니

단맛도 혀끝에 흘려
쓴맛도 따라 삼키는

한 잔의 커피
평생 나의 운명을 걸듯……

소한절

동지가 지난
소한을 맞이하니
그리운 옛 친구들

고향집 앞 논에
물을 가득 가둬두면
소한 때가 되면 꽁꽁

얼음판 위에서
친구들과 팽이치고
썰매 타던 그 시절
옛 생각이 떠오르네

눈 꽃

눈이 내리면
앙상한 나뭇가지는
눈송이 끌어당긴 듯
눈꽃을 피워 놓았네

꽃인가
꽃구름인가
눈이 만드는
눈속임으로……

파 도

파도여
밀려가다가는
왜 또 오는가

왔다가는 왜
또 밀려가는가

떠나려면 떠나고
있으려면 머물지

오고 가고
가다 오는 파도여

무엇을 못 잊어
방황하는가……

스마트 폰

신문 한 부 사 들고
전철에 올랐는데

좌석이 만석이라
나는 주위를 둘러보니

서 있는 사람은 많은데
책 보는 이는 하나 없고

스마트 폰을 보는 사람들이
아마도 99%의 전원

이것이 바로 시대적인
우리 생활의 현실 아닐까

건강하려면

아무리 바빠도
매일 운동하고

목이 마르지 않아도
물을 많이 마시며

피로하지 않아도
휴식을 취하며

잠이 오지 않아도
잠 잘 수 있는 길 찾고

아프지 않아도
해마다 검진 받아야지

가로등

밤마다 한결같이
꿋꿋하게 흔들림 없이

춘하추동 고개 숙인 채
어둠을 밝혀주는 가로등

기울지 않으면서 책임 다하는
늘 긍정적으로 받아드리며

오늘도 하루가 저무는 시간
저 환한 불빛 아래 서성이네

겨울나무

싸늘한 강가에
외롭게 서 있는 나무

푸른 잎새 떨구고
앙상한 가지 끝에

언제가 또다시 찾아올
새싹 피울 날 꿈꾸며

불어오는 세찬 바람도
홀로 이겨내는데

저 겨울나무를 보면
흥분했던 마음도 가라앉네

꽃 게

청정해역 헤엄치다가
어쩌다 어부들에 몸이 걸려
그물 속에서 고충의 삶에서
끓는 물에 삶을 마감한 생명

결국 우리 손에 쪼개지는데
보는 것만도 즐거운 일
앙상하게 남은 껍질 언저리
아아! 이것이 바로 키토산이었구나.

우드버닝

손질한 나무판 위에
버닝 펜을 얹어 놓고
연기와 함께 그리다 보면
글자가 되고 그림 되어
재미있고도 신기한데

잡생각 없어지고
마음이 안정되어
시간 가는 줄도 모르며

태우다 보면 시간이 흘러
그럴싸한 작품이 나오니
흐뭇해지는 나의 마음

봉황산에

봉황산에 진달래꽃
옛 동산의 진달래꽃

살며시 대지를 깨우며
조용히 피워 나는데

여보게 우리 친구들
우리 인연 산과 꽃처럼

자연스런 세상에서
백세시대를 함께 가세

의지적 삶의 신선한 모습

신인상 등단 시 심사위원

홍성수 · 최양희 · 김성열

공무원으로서 국가에 봉사해 온 생활을 마감하고 시를
써온 김기정은 시적 신념과 의욕이 넘쳐나는 시인이다.
그러한 연고인지는 모르겠으나 그의 시에서 보여준 경향
은 의지적意志的이며, 압축미가 돋보인다.
의지적 경향은 주제 면에서 드러나고, 압축미는 외형적
형식에서 잘 표현되고 있다.

의지主意主義, voluntarism는 주지주의intellectualism에 비하여
주관적인 색채가 짙어 관념에 치우칠 약점을 갖지만, 내
면의 강한 신념(의지)으로 문맥화 된 의지의 시는 개성적
인 면모를 보여줄 수 있다는 면에서 긍정적이다. 김기정
이 표출해 낸 의지적 삶의 모습은 신선하고 창의적이다.

김기정의 시 "해넘이"는 치열한 사유과정을 겪어온 결과
물로 읽혀진다. 이렇게 읽혀지는 이유는 끝 연에서 찾을
수 있다. "내일도 오늘처럼 / 밝은 빛으로 떠오르기를…"

평범하고 상식적인 이 시구는 1~3연의 연장선상에서 결론적인 절규絶叫라 할 수 있다. 이러한 시적 화자의 절규는 삶에 대한 희망과 이상이라는 비약된 의식상意識像이라 할 수 있다. 긴 여정의 인생길에서 갖은 고민과 갈등을 겪어 온 과정에서 당당한 신념인 것이다.

간략하게 시문을 이끌어가면서 압축적으로 문맥을 잘 다듬을 수 있는 시적 기량은 내일을 기약하는 믿음을 주기에 충분하다. 좋은 시인되기 바라면서 건필을 빈다.